LA PHILOSOPHE,

ANTI-DRAME.

LA PHILOSOPHE,

ANTI-DRAME.

Le chagrin a toujours tort;
Celui qui rit eſt le vrai Sage.

Le prix eſt de 24 ſols.

A PARIS,

Chez la Veuve Duchesne, Libraire, rue Saint-Jacques,
au-deſſous de la Fontaine Saint-Benoît,
au Temple du Goût.

M. DCC. LXXV.

AVEC APPROBATION.

AVERTISSEMENT
DE L'AUTEUR.

QUE ce mot *Anti-Drame* n'étonne aucun Lecteur. Cette Pièce n'étant pas une Comédie, encore moins un Drame, je devais tout uniment l'intituler *Parade* : c'était certainement le mot propre ; mais il choquait la vanité d'Auteur. J'ai donc mieux aimé inventer un mot nouveau, qui, sans signifier davantage, ménageât du moins l'orgueil Typographique.

ACTEURS.

Madame DE SAINT-HILAIRE.

MOROSE.

AGNÈS, fille de Morose.

LE CHEVALIER.

L'ÉPINE, Valet du Chevalier.

*La Scène est à Pantin, dans la Maison
de Madame de Saint-Hilaire.*

LA PHILOSOPHE,

ANTI-DRAME.

Le Théâtre repréfente un Sallon de compagnie, éclairé par plufieurs bougies.

SCENE PREMIERE.

LE CHEVALIER, L'ÉPINE.

LE CHEVALIER.

Sois le bien-venu, Mons de l'Épine : tu ne pouvais arriver plus à propos.

L'ÉPINE.

Si-tôt vos ordres reçus, j'ai fait mon petit paquet, mis ordre à mes petites affaires, fait mes

A 4

adieux à mes petites connoissances, & moitié en chassant, moitié en me promenant, me voilà rendu avec le Soleil couchant à Pantin.

LE CHEVALIER.

Je vais dès aujourd'hui t'y donner de l'occupation.

L'ÉPINE.

Tant mieux ; j'aime à travailler également de tête & de main : mais à présent, Monsieur, puis-je vous demander ce que vous faites ici depuis huit jours, au grand étonnement de la bande joyeuse de vos sages Amis, qui tous vous trouvent à redire dans leurs fêtes bacchiques ? D'honneur depuis votre départ leurs débauches sont d'une sagesse !... Leurs petits soupers d'un triste !... Leurs parties fines d'une décence !... On voit bien qu'ils ont perdu l'âme de leurs plaisirs, celui qui y portoit la joie, la gaieté, & ce petit grain de libertinage plus piquant que le plaisir même.

LE CHEVALIER.

Je leur serai bien-tôt rendu ; mais imagine-toi qu'il vient de m'arriver l'aventure la plus comique.... Elle manquoit seule au Roman d'un Illustre.... Je suis amoureux.

L'ÉPINE.

Amoureux, vous!...

LE CHEVALIER.

Comme un Diable.

L'ÉPINE.

Et quelle est la Beauté dont l'œil victorieux
A soumis, à la fin, votre cœur généreux ?

LE CHEVALIER.

Oh ! voilà le plaisant de l'aventure.... Un petit minois chiffonné, drôle, gentil ; tu en seras content.

L'ÉPINE.

Qui porte ce minois ?

LE CHEVALIER.

La fille d'un grand homme froid, sec, & le plus taciturne que la terre ait jamais porté.

L'ÉPINE.

Vous avez choisi là un futur beau-pere dont l'humeur sympathisera merveilleusement avec la vôtre ! & la fille est-elle aussi triste & mélancolique ?

LE CHEVALIER.

Je ne crois pas ; elle me paraît même avoir toutes les difpofitions néceffaires pour ne me pas céder en étourderie.

L'ÉPINE.

Tudieu ! voilà une petite perfonne qui promet furieufement !... Vous êtes avec elle du dernier bien ?

LE CHEVALIER.

Non.

L'ÉPINE.

Comment, non !

LE CHEVALIER.

Parbleu ! je ne fçais fi je fuis bien ou mal avec elle ; jamais je ne lui ai parlé.

L'ÉPINE.

Jamais vous ne lui avez parlé ?

LE CHEVALIER.

Non : je l'ai apperçue à fa croifée ; fa mine m'a plu ; la tête m'a tourné, & m'en voilà amoureux fou.

L'ÉPINE.

Voilà une intrigue fort avancée !... Que fait son pere ?

LE CHEVALIER.

Rien.

L'ÉPINE.

Joli métier !

LE CHEVALIER.

Il réfléchit, raisonne, moralise & censure.

L'ÉPINE.

Pauvre occupation ! Il est riche ?

LE CHEVALIER.

Il le fut, & ne l'est plus.

L'ÉPINE.

Tant pis.... Vous lui avez déjà fait quelques propositions ?

LE CHEVALIER.

Pas encore.

L'ÉPINE.

Et pourquoi ?

12 **LA PHILOSOPHE,**

LE CHEVALIER.

Je ne puis voir sa triste figure, sans lui rire au nez : il se fâche, s'en va, & je reste toujours avec ma proposition.

L'ÉPINE.

Mais, en vérité, voilà un mariage en bon train ! j'ai fort bien fait d'arriver.... Et où demeure-t-il ?..

LE CHEVALIER.

Ici.

L'ÉPINE.

Comment, ici !

LE CHEVALIER.

Oui, dans cette maison.

L'ÉPINE.

Il en est le maître ?

LE CHEVALIER.

Il n'y a pas de maître ici.

L'ÉPINE.

Point de maître ici !

LE CHEVALIER.

Il n'y a qu'une Maitreſſe.

L'ÉPINE.

Que vous nommez ?

LE CHEVALIER.

Madame de Saint-Hilaire.

L'ÉPINE.

Madame de Saint-Hilaire.... Je ne connais pas ça.

LE CHEVALIER.

Elle n'eſt pas de ton bail.

L'ÉPINE.

Vous eſt-elle parente ?

LE CHEVALIER.

De loin.

L'ÉPINE.

Son âge ?

LE CHEVALIER.

Trente ans. Sa figure très-revenante ; elle eſt veuve d'un homme d'affaires qui lui a laiſſé une

fortune aifée fans enfants; fon caractere eft charmant, & fon humeur fi gaie, fi vraie, que le
chagrin le plus noir ne peut tenir contre fa folie.

L'ÉPINE.

Comment donc le pere de votre Dulcinée fe
trouve-t-il dans fa maifon?

LE CHEVALIER.

Par le plus fingulier des hazards. Madame de
Saint-Hilaire avait dans fa maifon un appartement à louer pour l'été. Monfieur Morofe (c'eft
le nom de mon futur beau-pere) en cherchait
un dans ce village; &, n'en trouvant pas d'autre, il a pris celui-ci.

L'ÉPINE.

Et comment diable s'arrange-t-il du train de
la maifon?

LE CHEVALIER.

Il déclame fans ceffe contre notre gaieté, fait
des grimaces horribles quand nous rions, & va
fe renfermer dans fon appartement, dont il bar-
ricade portes & fenêtres.

L'ÉPINE.

Il enferme auffi fa fille?

LE CHEVALIER.

Oui, de par tous les Diables ; & c'eſt-là ce qui me déſeſpere. Madame de Saint-Hilaire, qui eſt bien la meilleure femme du monde, à qui j'ai fait part de mon amour pour la petite perſonne, veut bien s'y prêter, & fait tout ce qu'elle peut pour apprivoiſer le pere.

L'ÉPINE.

La brave femme !

LE CHEVALIER.

Elle m'a dit que, pour l'amener à ſes fins, elle aurait beſoin d'un drôle, fourbe adroit, qui pût la ſeconder. Moi ſur le champ de ſonger à Mons de l'Épine ; & voilà pourquoi je t'ai mañdé de venir me joindre.

L'ÉPINE.

C'eſt me faire trop d'honneur, Monſieur ; mais enfin je tâcherai de répondre à la haute idée que vous avez conçue de moi.

LE CHEVALIER.

Tiens, voilà Madame de Saint-Hilaire.

L'ÉPINE.

Têtebleu ! voilà une Veuve qui n'uſera pas ſon deuil.

SCENE II.

Madame DE SAINT-HILAIRE, LE CHEVALIER, L'ÉPINE.

LE CHEVALIER.

Bon jour, ma chere Maman, bon jour; vou-lez-vous bien que je vous présente, en la personne de Mons de l'Épine, le drôle adroit que vous m'avez demandé?

Madame DE SAINT-HILAIRE.

Sa physionomie me revient assez, & annonce du talent; au reste, je vais le mettre aujourd'hui même en état d'en faire preuve : la mine est toute prête, & je n'attendais que lui pour la faire jouer.

LE CHEVALIER.

Je sçaurai votre projet?

Madame DE SAINT-HILAIRE.

Il est digne de vous, digne de moi; en un mot, fou, archi-fou.

LE

LE CHEVALIER.

Tant mieux, je ferai plus en état de vous fe-
conder.... C'eſt?...

Madame DE SAINT-HILAIRE.

C'eſt d'épouſer notre Ours, pour le guérir de
fa miſanthropie.

LE CHEVALIER.

Comment, l'épouſer!... tout de bon ?

Madame DE SAINT-HILAIRE.

Oui, tout de bon; en tout bien, tout honneur.
Mon projet (vous le voyez bien) eſt d'une extravagance dont rien n'approche; eh ! bien, c'eſt juſtement à cauſe de cela que je l'ai choiſi.

LE CHEVALIER.

Comment ! là, ſans badiner, vous épouſeriez
Moroſe ?

Madame DE SAINT-HILAIRE.

Oui, très-férieuſement ; à ſon humeur près,
ſa perſonne me revient aſſez.

LE CHEVALIER.

Mais, cette humeur....

B

Madame DE SAINT-HILAIRE.

Il faudra bien qu'il la change.

LE CHEVALIER.

Mais du caractere dont il est, connoissant le vôtre, croyez-vous qu'il veuille ?...

Madame DE SAINT-HILAIRE.

S'il voudra !... Apprenez donc le plus plaisant
de l'aventure. Pour vous rendre service seule-
ment, & sans penser à malice, j'ai lorgné
notre Ours, joué de la prunelle, fait des mines ;
j'ai tant & si bien fait enfin, que la mèche a
pris feu, & que je vous livre sa cervelle aussi extravagante que la vôtre. Depuis deux jours, Morose est amoureux fou de moi.

LE CHEVALIER.

Mais, depuis deux jours, sa mauvaise humeur
est encore augmentée ; depuis deux jours, il est
plus sauvage, plus farouche que jamais.

Madame DE SAINT-HILAIRE.

C'est une preuve de plus de son amour.

LE CHEVALIER.

Quoi ! vous pouvez....

Madame DE SAINT-HILAIRE.

Eh ! ne voyez-vous pas bien, mon pauvre Chevalier, que Morofe, honteux de fa défaite, rougiffant de fon vainqueur, voudrait pouvoir cacher fa faibleffe à lui-même, & à toute la terre ? C'eft un efclave furieux qui s'agite dans fes fers. Mais ces deux yeux font bons ; il a beau augmenter d'humeur & de mifanthropie, je ne fuis pas fa dupe, & je découvre fon amour même dans fes impoliteffes affectées : Morofe m'adore.

LE CHEVALIER.

Mais.....

Madame DE SAINT-HILAIRE.

Mais en voulez-vous une preuve non équivoque ? Feignez, pendant quelques jours, d'être amoureux de moi : vous reconnaîtrez bien-tôt fon amour à fa jaloufie.

LE CHEVALIER.

Rien de mieux imaginé.... Mais, quel bonheur ! Voici fa charmante fille, & feule.....

SCENE III.

Madame DE SAINT-HILAIRE, AGNÈS, LE CHEVALIER, L'ÉPINE.

Madame DE SAINT-HILAIRE.

EH ! bon jour, ma chere enfant ; par quel hafard feule, fans Monfieur Morofe ?

AGNÈS.

C'eft qu'il m'envoie vous demander une grâce, Madame.

Madame DE SAINT-HILAIRE.

De quoi s'agit-il ?

AGNÈS.

Il m'a chargé de vous demander, pour lui, un entretien fecret.

Madame DE SAINT-HILAIRE.

Un entretien fecret !... Et fçavez-vous à quel fujet ?

AGNÈS.

Non, Madame; mais je crains bien que mon pere ne soit devenu fou.

Madame DE SAINT-HILAIRE.

Comment donc!

AGNÈS.

Imaginez-vous, Madame, que, depuis deux jours, il est changé à n'être pas reconnoiffable. Autrefois fon humeur était, à la vérité, toujours trifte & mélancolique; mais du moins elle était toujours égale & douce : à préfent, à chaque inftant fon caractere varie; il parle tout feul, prononce fouvent votre nom avec tendreffe, quelquefois auffi avec colere : il veut fans ceffe que je l'entretienne de vous, & puis il me le reproche & me le défend. Êtes-vous dans le jardin : il vous regarde pendant des heures entieres à travers fes jaloufies, avec des yeux fi animés.... & quelquefois, fi-tôt qu'il vous apperçoit, il ferme brufquement fes rideaux, pour ne vous pas voir..... Enfin il n'y a pas de folies qu'il ne faffe.... Ce matin (ce que je n'avois pas encore vu) il a choifi dans fa garderobe l'habit le plus galant, celui dont la couleur lui fied mieux; il a paffé deux heures entieres à fa toilette, & de dépit, l'inftant d'après, il en a caffé la glace.

Madame DE SAINT-HILAIRE.

M'étais-je trompée ?

LE CHEVALIER.

Ma foi, je commence à croire qu'il pourrait bien en être quelque chofe.

AGNÈS.

Ah ! Madame, n'auriez-vous pas jeté quelque mauvais fort fur mon pere ?

Madame DE SAINT-HILAIRE.

Le fort n'eft pas dangereux ; c'eft tout bonne-ment de l'amour.

AGNÈS.

De l'amour, Madame ?

Madame DE SAINT-HILAIRE.

Oui, ma chere enfant ; il y a déja plufieurs jours que je m'apperçois que Monfieur Morofe eft amoureux de moi.

AGNÈS.

Mon pere, amoureux ?

Madame DE SAINT-HILAIRE.

Oui.

AGNÈS.

Amoureux de vous?

Madame DE SAINT-HILAIRE.

Certainement.

AGNÈS.

Ah! Madame, que je vous plains.

Madame DE SAINT-HILAIRE.

Pourquoi donc?

AGNÈS.

Vous allez être bien malheureuse.

Madame DE SAINT-HILAIRE.

La raifon?

AGNÈS.

Vous allez avoir un amoureux.

Madame DE SAINT-HILAIRE.

Eh bien?

AGNÈS.

Vous ne fçavez donc pas ce que c'eſt qu'un amoureux?

Madame DE SAINT-HILAIRE.

Mais, si fait ; je m'en doute.

A G N È S.

Et vous ne tremblez pas ?

Madame DE SAINT-HILAIRE.

Pourquoi donc trembler ?

A G N È S.

Comment, Madame ! un amoureux est un monstre qui ne cherche que notre perte, qui nous caresse pour nous égratigner, & nous embrasse pour nous étrangler.

Madame DE SAINT-HILAIRE.

Qui vous a peint un amoureux de ces noires couleurs ?

A G N È S.

C'est mon père, Madame.

Madame DE SAINT-HILAIRE.

Va, ma chere enfant, ton père te trompe.

A G N È S.

Tout de bon ?

Madame DE SAINT-HILAIRE.

Oui, tout de bon. Imagine-toi que rien au

monde n'eſt auſſi charmant qu'un amoureux : eſclave tendre & ſoumis, il eſt ſans ceſſe occupé à étudier nos goûts, à deviner nos deſirs pour les prévenir : il n'eſt point de careſſe dont il n'accable ſa maitreſſe ; il n'eſt point de plaiſirs qu'il ne cherche à lui procurer : ſans l'amour, il n'eſt point de bonheur.

A G N È S.

Eſt-ce bien vrai, Madame ?

Madame DE SAINT-HILAIRE.

Demande plutôt au Chevalier.

A G N È S.

Eſt-ce vrai, Monſieur le Chevalier ?

LE CHEVALIER.

Charmante Agnès, Madame ne vous a peint que faiblement les délices de l'amour ; elle vous a tracé d'un pinceau de glace les tranſports qu'éprouverait pour vous un amant.

A G N È S.

Hélas ! s'il eſt ainſi, que je ſuis fâchée de n'en pas avoir.

Madame DE SAINT-HILAIRE.

Eh ! bien que n'en as-tu un ?

AGNÈS.

Si je ſçavais où le trouver....

Madame DE SAINT-HILAIRE.

En voilà un que je te préſente ; le veux-tu ?

AGNÈS.

Oh ! oui, Madame, oui. ... Mais, Monſieur voudra-t-il ?...

LE CHEVALIER.

Charmante Agnès, acceptez-moi pour votre amant, & rien ne manquera à mon bonheur.

AGNÈS.

Je ne demande pas mieux. ... Mais vous m'aimerez bien ?

LE CHEVALIER.

Plus que ma vie.

AGNÈS.

Vous ne me tromperez pas ?

LE CHEVALIER.

Jamais.

AGNÈS.

Vous ne m'étranglerez ni ne m'égratignerez ?

LE CHEVALIER.

Ah! ne le craignez pas.

AGNÈS.

Vous n'avez-pas de griffe cachée?

Madame DE SAINT-HILAIRE.

Va, mon enfant, je fuis fa caution.

AGNÈS.

Que me voilà contente! j'aurai un amoureux, & bien gentil.

LE CHEVALIER.

Vous m'aimerez auffi?

AGNÈS.

Oh! toujours, toujours..... Mais n'en dites mot à mon père.

Madame DE SAINT-HILAIRE.

Pourquoi?

AGNÈS.

C'eft qu'il me gronderait bien fort; car il me dit tous les jours que les hommes font des monf-tres; mais je vois bien qu'il me trompe, & mon amoureux eft trop gentil pour me faire du mal.

Madame DE SAINT-HILAIRE.

Laisse dire ton radoteur de père : je me charge, moi, de le faire bien-tôt changer de langage ; je veux même qu'il te donne ton amant pour mari.

AGNÈS.

Pour mari ?....

Madame DE SAINT-HILAIRE.

Sans doute.... Est-ce que tu n'en veux pas ?

AGNÈS.

Mais, s'il est mon mari, sera-t-il encore mon amoureux ?

LE CHEVALIER.

Toujours.

AGNÈS.

À la bonne-heure.

Madame DE SAINT-HILAIRE.

Es-tu contente ?

AGNÈS.

Si contente, Madame, si contente, que je vous aimerai presqu'autant que lui.

Madame DE SAINT-HILAIRE.

En ce cas, je vais travailler à votre bonheur mutuel. Va vîte retrouver ton père ; dis-lui que je fuis feule, que je l'attends ici, & dans l'inftant.

AGNÈS.

J'y cours.... Adieu, Madame.

Madame DE SAINT-HILAIRE.

Adieu, ma chere enfant.

AGNÈS.

Adieu, mon amoureux.

LE CHEVALIER.

Adieu, ma charmante maitreffe.

SCENE IV.

**Madame DE SAINT-HILAIRE,
LE CHEVALIER, L'ÉPINE.**

Madame DE SAINT-HILAIRE.

Êtes-vous content de moi ?

LE CHEVALIER.

Oh ! vous êtes une femme charmante, adorable.... Je suis enchanté de la Petite.

Madame DE SAINT-HILAIRE,

Le moment critique approche ; préparons bien toutes nos attaques. Vous, Chevalier ; votre rôle, comme nous en sommes convenus, est de paroître m'idolâtrer ; en conséquence, je vous charge de turlupiner Morose, & de le faire donner à tous les Diables.

LE CHEVALIER.

Laissez-moi faire ; si, cent fois, mille fois, Morose m'a fait jurer après la sotte manie qu'il a d'enfermer sa fille, je vais, aujourd'hui, prendre une revanche complette.

Madame DE SAINT-HILAIRE.

Je vous l'abandonne ; rendons-le aimable malgré lui ; & défefpérons-le, pour en faire quelque
chofe.... Toi, Mons l'Épine ; il faudra quitter
ce jufte-au-corps de livrée... Tu es fans doute en
état de jouer l'impertinence ?

L'ÉPINE.

Auffi-bien qu'un Commis parvenu.

Madame DE SAINT-HILAIRE.

Endoffe dans la garderobe de ton maître une
chenille élégante ; charge le coftume le plus que
tu pourras....... Mais j'entends Morofe ; va
promptement t'habiller ; j'irai te donner ton rôle.
Vous, Chevalier, allez lui fervir de Valet-de-
chambre.... Eh ! vîte, eh ! vîte, détalez....

SCENE V.

Madame DE SAINT-HILAIRE, MOROSE.

Madame DE SAINT-HILAIRE.

EH! bon jour, mon cher voisin. Qu'y a-t-il pour votre service ? Serais-je aſſez heureuſe pour vous être de quelque utilité ?

MOROSE.

Madame.... je vais peut-être abuſer de votre complaiſance, & les momens que vous paſſerez à m'entendre, feront autant de vols faits aux plaiſirs.

Madame DE SAINT-HILAIRE.

Le temps que je donne à mes amis (& vous êtes du nombre, Monſieur,) eſt, à mes yeux, le plus heureux de ma vie.

MOROSE.

Que n'eſt-il vrai, Madame ? Ces jours, ces beaux jours, que vous perdez dans le tourbillon

d'une

d'une joie bruyante, & qui toujours laiſſe le cœur vuide, ſeraient tous donnés à l'amitié !

Madame DE SAINT-HILAIRE.

Me croyez-vous donc inſenſible à ſes douleurs ?

MOROSE.

Elle ne règne, Madame, que ſur les cœurs tranquiles ; elle ne ſouffre point de partage : le malheur la fait naître, & elle ſe plaît dans la douleur.

Madame DE SAINT-HILAIRE.

Et plus encore dans le plaiſir. . . . Je veux vous entreprendre, moi, mon cher voiſin ; vous êtes toujours triſte, rêveur, mélancolique ; vous n'êtes pas heureux ?

MOROSE.

Non, Madame. . . . Et qui l'eſt ?

Madame DE SAINT-HILAIRE.

Moi.... Eh ! bien, je veux vous rendre au bonheur, en vous rendant aux plaiſirs.

MOROSE.

Ils ne ſont plus faits pour moi, Madame.

C

Madame DE SAINT-HILAIRE.

Eh ! mon cher voifin, quittez ces idées triftes & lugubres ; la vraie fageſſe n'eſt ni auſtere, ni farouche, ni ſauvage ; elle fourit au plaifir, & folâtre avec les Amours.

MOROSE.

Vous la peignez ſous vos traits.

Madame DE SAINT-HILAIRE.

C'eſt que toute folle, toute étourdie que je vous paraîs, je fuis Philoſophe... oui, Philoſophe, & beaucoup plus que vous.... La vie, mon cher voifin, eſt également courte, & pour celui qui pleure, & pour celui qui rit ; ne vaut-il donc pas mieux aller au terme par un chemin couvert de fleurs, que par un fentier hériſſé de ronces & d'épines ? La roſe brillante s'épanouit à côté du trifte pavot : la Nature nous les préſente également ; nous ſommes maîtres du choix.

MOROSE.

Non, Madame, non.

Madame DE SAINT-HILAIRE.

Notre bonheur, à tous, eſt dans notre façon de penfer ; & celui-là ſeul eſt véritablement heureux, qui ſçait commander aux évènemens.

Voilà toute ma philosophie ; & la seule différence qu'il y ait peut-être entre moi & vos pré-
tendus Philosophes, c'est qu'ils n'ont que la théo-
rie de la sagesse qu'ils prêchent, & que moi je
la pratique sans la prêcher.

MOROSE.

On ne peut mieux défendre une méchante
cause. Vous embellissez tout ; mais, Madame,
si, comme moi, vous aviez connu les hommes...

Madame DE SAINT-HILAIRE.

Et qui vous dit que je ne les ai pas connus
plus que vous-même ? Eh ! bien, je les ai trouvé,
pour la plupart, vains, présomptueux, volages,
perfides, infideles ; est-ce une raison pour me con-
damner éternellement à la douleur ? Ce serait me
venger sur moi-même de leurs torts : j'aime beaucoup mieux en rire.

MOROSE.

Je n'ai éprouvé qu'injustice, qu'ingratitude,
que perfidie.

Madame DE SAINT-HILAIRE.

J'ai peut-être éprouvé plus que tout cela, &
je ne m'en chagrine pas davantage.

MOROSE.

Tous les hommes sont des monstres.

Madame DE SAINT-HILAIRE.

Soit ; vous n'êtes pas content des hommes ; tournez-vous du côté des femmes ?

MOROSE.

Ah ! c'est encore bien pis.

Madame DE SAINT-HILAIRE.

Voilà ce qui vous trompe ; les femmes, en général, valent mieux, mais beaucoup mieux que vous.

MOROSE.

Elles sont volages, infidelles, perfides.

Madame DE SAINT-HILAIRE.

Eh bien ! il faut être leur ami, & non pas leur amant.

MOROSE.

Et si je vous disais.....

Madame DE SAINT-HILAIRE.

Quoi ?

SCENE VI.

Madame DE SAINT-HILAIRE, MOROSE, LE CHEVALIER.

(Le Chevalier entre sans être vu, & les observe en silence dans le fond du Théâtre.)

MOROSE.

QUe je suis amoureux.

Madame DE SAINT-HILAIRE.

Je vous en ferais mon compliment de bien bon cœur ; mais cela n'est pas possible.

MOROSE.

Cela n'est que trop vrai, pour mon malheur.

Madame DE SAINT-HILAIRE.

Eh ! bien, prenez-moi pour votre confidente, je vous servirai de tout mon pouvoir.... Voulez-vous ?

MOROSE.

Je ne vous ai fait demander cet entretien, que pour vous confier ce secret.

C 3

Madame DE SAINT-HILAIRE.

Et vous ne vous en repentirez pas.... Quel eſt le nom de votre maitreſſe ?

MOROSE.

Son nom ?

Madame DE SAINT-HILAIRE.

Oui, ſon nom ; la connais-je ?

MOROSE.

Oh ! beaucoup.

Madame DE SAINT-HILAIRE.

Votre choix vous fait-il rougir ?

MOROSE.

Je n'en pouvais faire un plus beau ; ce n'eſt pas du choix dont je rougis, c'eſt de moi ſeul.

Madame DE SAINT-HILAIRE.

Pour un Philoſophe, vous raiſonnez à faire pitié. Faut il tant de façons pour nommer une perſonne aimable ?

MOROSE.

Vous me l'ordonnez ?

Madame DE SAINT-HILAIRE.

Mais, ſans doute.

MOROSE.

Vous ne vous en offenſerez pas ?

Madame DE SAINT-HILAIRE.

Eh! mon Dieu! non, non.... Eh! bien, c'eſt?...

MOROSE.

Vous.

Madame DE SAINT-HILAIRE.

Moi?

MOROSE, *lui prenant la main , & la baiſant*
tendrement.

Oui, vous-même.

LE CHEVALIER, *frappant ſur l'épaule de Moroſe,*
en éclatant de rire.

Ah, ah, ah!... ferme, morbleu!

MOROSE.

C'eſt cet étourdi; je ſuis perdu.

LE CHEVALIER.

Oh! ma foi, l'aventure eſt unique, excellente;
ma chere Maman, recevez-en mille & mille com-
plimens; ce triomphe ſeul manquait à votre gloire: il eſt vrai qu'avec des traits auſſi doux, on
eſt fait pour adoucir les cœurs les plus ſauvages...
Bravo, Monſieur! ma foi, pour un penſeur, vous
ne vous y prenez pas mal.

Madame DE SAINT-HILAIRE.

Comment! vous nous écoutiez donc?

LE CHEVALIER.

Y a-t-il un quart-d'heure que je jouis de vo‑
tre converfation amoureufe ; mais, d'honneur, je
fuis très-content de Morofe ; mais, très-content ;
nous en ferons quelque chofe : il a filé fa décla‑
ration en Maître.... Eh ! bien, eh ! bien, vous voilà
déja tout décontenancé. Remettez-vous, je fuis
fans conféquence ; Madame m'adore, je l'aime ;
mais fans être fon tyran, fans fureur, fans jalou‑
fie : je ne ferai pas même fâché de vous avoir
pour Rival ; vous n'êtes pas fans mérite, & mon
triomphe en fera plus glorieux.

Madame DE SAINT-HILAIRE.

Vous êtes charmant ; je vous aime à la folie.

LE CHEVALIER.

Je le fçais bien ; mais ne me dites pas tant de
douceurs ; voyez la grimace que vous faites faire
à ce pauvre Morofe.... Ah ! çà, ce n'eft pas un ef‑
clave ordinaire : pour m'obliger, traitez-le fans
rigueur.

Madame DE SAINT-HILAIRE.

Laiffez-moi faire ; je veux vous en rendre jaloux.

LE CHEVALIER.

Le tour ferait excellent.

Madame DE SAINT-HILAIRE.

Vous verrez.

LE CHEVALIER.

Parbleu, ceci me donne une idée charmante.

Madame DE SAINT-HILAIRE.

Et c'eſt ?

LE CHEVALIER.

C'eſt de mettre notre ſcène en proverbe, & de la jouer pas plus tard que ce ſoir : nous en amuſerons la ſociété. Qu'en penſez vous ?

Madame DE SAINT-HILAIRE.

Rien de mieux imaginé.

LE CHEVALIER.

Je vois déja dans ma tête la ſcène la plus piquante.

Madame DE SAINT-HILAIRE.

Je veux le rôle ſaillant ; ſans cela je ne joue pas.

LE CHEVALIER.

Rapportez-vous-en à moi ; Moroſe jouera auſſi.

MOROSE.

Non, Monſieur.

Madame DE SAINT-HILAIRE.

Je me charge de lui faire prendre ſon rôle.

LE CHEVALIER.

Adieu ; je ne veux pas perdre une seule idée ;
je vais vîte en tracer légèrement le canevas....
Allons, remettez-vous ; je vous laisse la place....
Ah, ah, ah....

SCENE VII.

Madame DE SAINT-HILAIRE, MOROSE.

MOROSE.

ET vous croyez, Madame, que je me prêterai
à ces fades plaisanteries ?

Madame DE SAINT-HILAIRE.

Mais, rien au monde ne sera plus comique.

MOROSE.

Allez, Madame ; il me manquait, pour dernier malheur, de m'attacher à vous.

Madame DE SAINT-HILAIRE.

—Le compliment est honnête.... Qu'y a-t-il donc
là de si malheureux ?

MOROSE.

Je dois beaucoup me louer de l'indigne pré-

férence que vous accordez fur moi à un fade plai-
fant, un miférable bouffon.

Madame DE SAINT-HILAIRE.

Mais cette préférence eft très - raifonnable ;
vous êtes toujours trifte, mélancolique ; le Chevalier eft charmant ; convenez-en vous-même ?

MOROSE.

Oui, Madame, oui ; charmant, divin.

Madame DE SAINT-HILAIRE.

Sa gaieté, fon étourderie, fympathiferont à merveille avec mon caractère, & vous voulez que je
vous le facrifie !

MOROSE.

Ce ferait trop exiger !

Madame DE SAINT-HILAIRE.

Tenez, mon cher Voifin, je fuis vraie & fran-
che ; je vais vous parler à cœur ouvert. Votre
perfonne me plaît, & me revient beaucoup ; votre âge me convient mieux que celui du Chevalier ; &, fans votre humeur fauvage, je fens que
je pourrais vous aimer, mais beaucoup, mais
beaucoup plus même que le Chevalier : voulez-
vous changer de caractère ?

MOROSE.

Changer de caractère, Madame ?

Madame DE SAINT-HILAIRE.

Oui.

MOROSE.

C'eſt-à-dire, devenir écervelé, extravagant?

Madame DE SAINT-HILAIRE.

C'eſt cela même; je ne veux vous charger que de chaînes de roſes; je veux que vous ſoyez heureux; c'eſt le ſeul moyen de me plaire : on ne l'eſt qu'autant qu'on rit. Vive la folie! un fou eſt mille fois plus aimable qu'un ſage.

MOROSE.

Je ſuis déſeſpéré, Madame; mais je ſens que je ne pourrai jamais acquérir des qualités auſſi brillantes.

Madame DE SAINT-HILAIRE.

Pourquoi non? Tous avez beau dire, je ſuis certaine que, ſi vous vouliez, vous déraiſonneriez avec autant de grâce qu'un autre.

MOROSE.

Vous avez trop bonne opinion de moi.

Madame DE SAINT-HILAIRE.

Non; je ſuis certaine qu'avec de la patience & du temps, on ferait de vous un fou fort aimable.

MOROSE.

Vous croyez, Madame?

Madame DE SAINT-HILAIRE.

J'en fuis fûre, & je veux même, par amitié
pour vous, entreprendre votre cure.

MOROSE.

Vous pourriez bien ne pas réuſſir.]

Madame DE SAINT-HILAIRE.

C'eſt ce que nous allons voir.

MOROSE.

Où allez-vous donc ?

Madame DE SAINT-HILAIRE.

Dans un moment je ſuis à vous. . . . Attendez-
moi.

SCENE VIII.

MOROSE, *seul.*

AH ! pourquoi faut-il que j'aie pris de l'amour pour une femme auffi folle, auffi extravagante ? J'en rougis, & cependant je ne puis m'empêcher de l'aimer.

Quand elle me parle même, fa gaieté, fa folie, me femblent plus raifonnables que ma fageffe ; la perfuafion coule de fa bouche, & fes yeux achevent fa victoire.

Il n'eft plus qu'un remède à mon amour ; il n'en eft qu'un, c'eft de la fuir.... Le pourrai-je ?

Mais, la voici ; quel eft donc cet autre extravagant qu'elle tient par la main ?

SCENE IX.

Madame DE SAINT-HILAIRE, MOROSE; L'ÉPINE, *en Petit-Maître ridicule.*

Madame DE SAINT-HILAIRE.

MONSIEUR le Baron de la Folandiere, vou-lez-vous bien que je vous préfente Monfieur Morofe? Il eft amoureux de moi; mais il eft trifte & fage; c'eft un écolier que je vous donne, & dont je vous prie d'avoir le plus grand foin.

L'ÉPINE.

Cela fuffit, Madame, je vous en rendrai bon compte.

MOROSE.

Madame!...

Madame DE SAINT-HILAIRE.

Et vous, Monfieur, la feule maniere de me prouver votre amour, & de me plaire, c'eft de bien profiter des leçons que Monfieur le Baron de la Folandiere, Gentilhomme du plus rare mérite, veut bien avoir la bonté de vous donner.

L'ÉPINE.

Restez, Madame, restez : vous n'êtes pas de trop ; & un modèle aussi parfait que vous ne peut que seconder puissamment més leçons.

(Madame de Saint-Hilaire s'assied, & prend son ouvrage.)

MOROSE.

Puis-je sçavoir, Monsieur le Baron, quel est l'art que vous enseignez ?

L'ÉPINE.

Le premier, le plus nécessaire des arts ; celui qui peut se substituer à tous les autres ; qui le plus rapidement conduit à la gloire, au crédit, aux honneurs, à la réputation, à la fortune ; par lequel un homme brille sur nos théâtres, dans la société & dans les ruelles ; le grand art d'extravaguer.

MOROSE.

Le grand art d'extravaguer !

L'ÉPINE.

Oui, Monsieur ; le premier ; je l'ai réduit à des principes sûrs & certains, assez amplement détaillés dans un Dictionnaire de dix-sept volumes *in-folio*, sans les planches.

MOROSE.

MOROSE.

En vérité, Monsieur, voilà un art que j'ignorais.

L'ÉPINE.

Tant pis pour vous, Monsieur.

MOROSE.

Avez-vous beaucoup d'écoliers ?

L'ÉPINE.

Je ne pourrais y suffire seul, Monsieur ; je ne me charge que d'une certaine classe d'écoliers, dont les heureuses dispositions me promettent les plus brillans succès ; j'abandonne le reste à mes Prévôts, je les charge de l'éducation de tous les jeunes gens de tout état qui entrent dans le monde, & c'est d'après mes principes qu'on leur donne ce joli ton d'inconséquence, d'impertinence & d'impudence, qui en fait des hommes charmans.

MOROSE.

Et sans doute vous avez aussi des écolieres ?

L'ÉPINE.

Ce sexe est le bien-aimé de mon cœur ; je n'ai point de secrets pour lui, il est maître de mon art.

D

LA PHILOSOPHE,

MOROSE.

Quel extravagant !

L'ÉPINE.

Il eft étonnant, Monfieur, l'heureux change-
ment qu'en moins de dix ans ont produit mes leçons fur la Jeuneffe ; comme aujourd'hui elle eft
évaporée, libertine ! C'eft au Baron de la Folandiere qu'elle doit toutes fes grâces.

MOROSE.

Elle vous a là de grandes obligations !

L'ÉPINE.

C'eft qu'un homme de génie, Monfieur,
preffe toujours fur fon fiècle, & influe fur fes
heureux contemporains. A qui le Dames font-
elles redevables de leurs petites robes, de leurs
chignons flottans, de leurs caracos, de leurs can-
nes ? c'eft au Baron de la Folandiere. A qui les
hommes doivent-ils leurs fraques, leurs chenil-
les & leurs bottines ? c'eft au Baron de la Folandiere. A qui la Littérature doit-elle fes Dic-
tionnaires, fes Tragédies Anglaifes, fes Drames
fanglants, fes Opéra-Comiques larmoyants, &
fa Mufique Allemande ? c'eft au Baron de la
Folandiere.

MOROSE.

Vous vous mêlez auffi de Littérature ?

L'ÉPINE.

C'eſt moi qui dirige tous les Journaux ; & le Mercure eſt mon fils d'adoption, le bien-aimé de mon cœur.

MOROSE.

En vérité, Monſieur, voilà de grands ſervices rendus à la Nation !

L'ÉPINE.

Il faut bien mériter, autant qu'on le peut, de ſa Patrie ; c'eſt la folie des grands-hommes ; c'eſt la manie des belles âmes.

MOROSE.

On oblige ſouvent une ingrate.

L'ÉPINE.

Une pirouette en conſole. . . . . Ne voulez-vous pas prendre préſentement, Monſieur, une première leçon ?

MOROSE.

Mille remercîmens, Monſieur ; je ne me ſens pas les diſpoſitions propres à vous faire honneur.

L'ÉPINE.

Voilà ce qui vous trompe, Monſieur : votre phyſionomie eſt très-heureuſement tournée à l'extravagance, & me donne de vous les eſpérances.

les plus flatteufes ; je fuis certain que vous fe-
rez un de mes meilleurs écoliers.

MOROSE.

Vous me flattez.

L'ÉPINE.

Non , Monfieur, non ; je fçais même que
vous avez déjà d'heureux commencemens.

MOROSE.

Des commencemens d'extravagance !... Moi ?

L'ÉPINE.

Vous-même , Monfieur, & de fort bons ; je
le tiens de Madame.

MOROSE.

Je ne m'en doutois pas.

L'ÉPINE.

Vous en allez convenir dans l'inftant.... Le
ridicule & l'originalité font les deux bâfes fon-
damentales fur lefquelles pofent tous mes principes. Or, Monfieur, y a-t-il rien au monde
de plus ridicule, de plus original, qu'un Mifan-
thrope , qu'un Philofophe toujours cauftique,
toujours de mauvaife humeur ? Vous voyez donc
bien que, fans le fçavoir, fans vous en douter,
vous avez le germe des talens. C'eft à ma main

habile & délicate à le faire fructifier & à lui
faire donner une riche moisson & de fleurs &
de fruits; & rien de plus aisé. Vous verrez vous-
même, Monsieur, l'étroite analogie qu'ont en-
semble & dans leurs causes, & dans leurs ef-
fets, la misanthropie & l'extravagance. . . . . . .
Venons à nos premiers principes.

MOROSE.

Non, Monsieur, s'il vous plaît; j'ai la plus
haute estime, le plus profond respect pour les
rares talens de Monsieur le Baron de la Folandiere : mais il me permettra de ne faire aucun
usage de ses sublimes leçons.

L'ÉPINE.

Comment, Monsieur ! . . .

MOROSE.

En voilà assez, Monsieur ; ma réponse doit
vous suffire.

L'ÉPINE.

Madame, interposez ici, s'il vous plaît, votre
autorité, & ramenez sous ma férule un écolier
désobéissant, qui se révolte contre mes leçons.

Madame DE SAINT-HILAIRE.

Voilà donc, Monsieur, la premiere marque

de complaifance que je reçois de vous ! voilà
la déférence que vous avez pour mes prieres !

MOROSE.

Mais, Madame.....

Madame DE SAINT-HILAIRE.

Quand on veut faire de vous un homme charmant....

MOROSE.

Dites plutôt un fou.

Madame DE SAINT-HILAIRE.

Eh! bien, Monfieur, eh ! bien, reſtez avec votre
fublime fageſſe, votre humeur philofophique ;
mais auſſi ne comptez plus fur moi.

MOROSE.

Parlez-vous férieufement ?

Madame DE SAINT-HILAIRE.

Oui, Monfieur, férieufement, très-férieufe-
ment.

MOROSE.

Ah! c'eſt une autre affaire; foit, Madame :
puifqu'il faut, pour vous plaire, être extravagant, je vais faire tout mon poſſible pour y par-

venir, & je ne doute pas qu'avec les leçons de Monſieur le Baron, je n'y excelle bien-tôt, ſur-tout ayant devant les yeux de ſi bons exemples.

Madame DE SAINT-HILAIRE.

En faveur de l'obéiſſance, je vous pardonne l'Épigramme.

MOROSE.

Monſieur le Baron, de grâce, rendez-moi digne de plaire à Madame.

L'ÉPINE.

Je ſçavais bien qu'à la fin vous conſentiriez à prendre de mes leçons..... Or donc, je diſtingue deux ſortes d'extravagances ; extravagance phyſique, extravagance morale ; nous nous étendrons ſur celle-ci par la ſuite : pour aujourd'hui, tenons-nous-en à la premiere. J'entends par extravagance phyſique, tout ce qui a rapport au corps, comme la démarche, l'habillement, les airs & les modes. La démarche extravagante ſe ſubdiviſe en pluſieurs eſpèces, ſelon l'âge, l'état & la condition des perſonnes. Vous m'entendez-bien ?....

MOROSE.

A merveille.

L'ÉPINE.

Commencez par marcher.

MOROSE.

Moi, Monsieur ?

L'ÉPINE.

Oui, vous-même.

MOROSE.

Mais....

Madame DE SAINT-HILAIRE.

Mais, allez-vous recommencer vos bétises ?

L'ÉPINE.

Que de façons pour marcher !

MOROSE.

Soit donc (1).

L'ÉPINE.

Voyons, présentez-vous à Madame..... Eh !
bien, voyez comme vous avez l'air froid, posé !
Regardez-moi ?.... Voyez comme j'entre dans

____

(1). Je n'ai pas cru qu'il fût nécessaire de marquer ici
la Pantomime, elle se dessine assez par le couplet de
l'Épine.

un appartement en fredonnant la , la , la , la , la.... Remarquez cette tête à l'évent.....cette marche brusque.... cet air d'étourderie , de distraction, qui semble dire aux gens : je ne suis pas avec vous.... ces grands bras.... cette pirouette. ... cette révérence de côté.... Allons, répétez.... Fort bien.... très-bien.... bravissimo. ... Je vous réponds que je ferai de vous un sujet excellent. Quel meurtre que de si heureuses dispositions fussent restées sans culture !

MOROSE.

En vérité, vous outrez si fort les éloges , qu'il y a de quoi perdre la tête, de vanité,

L'ÉPINE.

Passons à l'habillement.....Déboutonnez-moi cet habit.... ouvrez votre veste.... Que fait-là ce chapeau sous votre bras.... Enfoncez-le-moi de travers sur les yeux.... Bien..... D'une main tirez votre jabot à toute outrance.... de l'autre , balancez la poche de votre veste.... Bien.... A merveille......Qu'en dites-vous, Madame ?

Madame DE SAINT-HILAIRE.

En honneur, Monsieur le Baron , j'en suis enchantée ; il n'est pas même reconnoissable pour une seule leçon,

L'ÉPINE.

Que fera-ce donc, quand je lui aurai donné les airs?

MOROSE.

Vous devez être bien fière de ma foibleſſe, & bien contente de ma complaiſance.

Madame DE SAINT-HILAIRE.

Je vous en tiendrai bon compte..... Il me vient même à ce ſujet une idée excellente, charmante.

L'ÉPINE.

Quelle eſt-elle, Madame?

Madame DE SAINT-HILAIRE.

Il faut, Monſieur le Baron, que vous y décidiez votre écolier.

L'ÉPINE.

Je réponds, Madame, de ſa ſoumiſſion à toutes vos volontés.

MOROSE.

C'eſt, ſans doute, quelque nouvelle extravagance?

Madame DE SAINT-HILAIRE.

Juſtement.... mais ſi drôle, ſi drôle.... Ah! vous ſerez un homme charmant, ſi vous vous y prêtez.

L'ÉPINE.

Monſieur pourrait-il s'y refuſer ?... Voyons,
de quoi s'agit-il ?

Madame DE SAINT-HILAIRE.

Le chevalier eſt un étourdi, un extravagant du
premier ordre ; il a tantôt perſifflé Moroſe à toute
outrance ; il doit même avoir fait un proverbe
ſur lui. Ne ſerait-ce pas un tour unique, im-
payable, de le myſtifier lui-même, & de le rendre
le Héros d'un ſcène plus comique encore que
celle de Moroſe ?

L'ÉPINE.

Cela ſerait divin.

Madame DE SAINT HILAIRE.

Et ſur-tout s'il ſe trouvait joué par Moroſe lui-
même.

L'ÉPINE.

Votre idée eſt délicieuſe ; je pétille de la ſça-
voir.

Madame DE SAINT-HILAIRE.

Voici le fait. Le Chevalier m'a demandé pour
ce ſoir un tête-à-tête, je le lui ai accordé ; ne ſerait-ce pas du dernier plaiſant qu'à ma place il
trouvât Moroſe ?

L'ÉPINE.

A merveille.

Madame DE SAINT HILAIRE.

Nous allons l'accoutrer en femme du mieux que nous pourrons.

MOROSE.

Non, Madame, non.

Madame DE SAINT-HILAIRE.

Si fait, Monsieur, si fait.

L'ÉPINE.

Parbleu ! une idée aussi extravagante ne sera pas perdue par votre faute.

MOROSE.

Mais, Madame.

Madame DE SAINT-HILAIRE.

Oh ! je vous le demande en grâce ; j'ôse même l'exiger.

MOROSÉ.

Où diable me suis je fourré ?

Madame DE SAINT-HILAIRE.

Sentez-vous bien tout le comique de cette scène ? Le Chevalier aux genoux de Morose, lui serrant, lui baisant les mains, lui lâchant mille tendres fadeurs ; cela fera tableau.

L'ÉPINE.

Tableau unique.

Madame DE SAINT-HILAIRE.

Ne perdons pas de tems ; j'ai dans ma garderobe tout ce qu'il faut pour sa métamorphose.
Allons, Monsieur le Baron, aidez-le à se désha-
biller ; moi, je serai sa Dame d'atours.

(*Madame de Saint-Hilaire passe dans sa garderobe pour aller chercher tout ce qui est nécessaire
pour le déguisement de Morose.*)

MOROSE.

Mais, en vérité....

L'ÉPINE, *le déshabillant.*

Les instans sont précieux, Monsieur : n'en
perdons pas un seul en mauvaises raisons ; ce serait un meurtre qu'une pareille extravagance res-
tât sans effet.

MOROSE.

Mais, à quoi cela servira-t-il ?

L'ÉPINE.

A nous faire rire aux dépens de ce merveil-
leux Chevalier, à repousser contre lui-même
les traits & les sarcasmes qu'il prétend vous lan-
cer.

MOROSE.

Mais, le Chevalier me reconnaîtra ?

L'ÉPINE.

Eh ! non, ne craignez rien ; je vais mettre ordre à tout. D'abord vous vous enfoncerez dans cette Bergere ; je foufflerai toutes ces bougies ; je n'en laifferai qu'une feule que je placerai loin de vous, en oppofition ; l'obfcurité qui règnera dans ce fallon, votre négligence même, tout aidera à le tromper, tout concourra à l'illufion.

Madame DE SAINT-HILAIRE.

Voilà tout ce qu'il nous faut. Voyons, commençons par vous coëffer..... Bon, cette baigneufe.... cette coëffe par-deffus. Tout cela eft excellent, & vous cache le vifage au mieux.

L'ÉPINE.

Ah, ah, ah ; mon Dieu ! qu'il eft laid ! Ah, ah, ah.

Madame DE SAINT-HILAIRE.

Jamais je n'ai vu figure pareille. Et le Chevalier va lui parler d'amour !

L'ÉPINE.

Ah, ah, ah.

Madame DE SAINT-HILAIRE.
Ah, ah, ah. Ce pauvre Chevalier !

L'ÉPINE.
Mettez ce jupon.

Madame DE SAINT-HILAIRE.
Il le met fens-devant-derriere !.... Paffez cette

robe.... à merveille.... Boutonnez ces ama-
dis...... bien..... Maintenant, enveloppez
tous vos appas de cette vafte pelilfe.... Il eft
divin; jamais je n'ai rien vu d'aufli laid.

L'ÉPINE.

Voilà toutes les bougies éteintes; plaçons
celle-ci là.

Madame DE SAINT-HILAIRE.

Afleyez-vous dans cette Bergère.

L'ÉPINE.

Jamais Vénus ne fut plus appétilfante.

Madame DE SAINT-HILAIRE.

Ah! çà, fongez-bien à faire toutes les fima-
grées, toutes les mines d'une jolie femme en tête-
à-tête avec un étourdi....

L'ÉPINE.

Point de faiblelfe.

Madame DE SAINT-HILAIRE.

Ne vous laiflez-pas féduire, au moins (1).

L'ÉPINE.

Il faifira votre main.

––––––––––––––––––––––

(1) Je ne marque point ici la Pantomime; elle fe def-
fine affez par le Dialogue : on fent bien que l'Épine doit
lutiner Morofe.

LA PHILOSOPHE,

Madame DE SAINT-HILAIRE.

Vous la retirerez ; mais avec douceur.

L'ÉPINE.

Il la retiendra, la serrera tendrement ; la couvrira de baisers brûlants.

Madame DE SAINT-HILAIRE.

Vous direz, en minaudant : mais, Chevalier, laiffez ma main.

L'ÉPINE.

Il fe jettera à vos pieds, embraffera vos genoux.

Madame DE SAINT-HILAIRE.

C'eft alors qu'il faut faire feu de toute votre vertu.

MOROSE.

Que dirai-je, alors ?....

Madame DE SAINT-HILAIRE.

Tout ce que bon vous femblera.

L'ÉPINE.

Tout ce que la vertu vous infpirera.

MOROSE.

Mais....

Madame DE SAINT-HILAIRE.

Le Chevalier ne peut tarder ; nous vous laiffons.

(Madame

(Madame de Saint-Hilaire & l'Épine se retirent, en se retournant à plusieurs reprises, pour regarder Morose, & éclater de rire.)

SCENE X.

MOROSE, *seul.*

C'EST de moi, c'est de ma sotte & lâche complaisance dont ils rient..... Ah ! Morose, Morose, peux-tu te regarder sans mourir de honte ? Qu'est devenue ta Philosophie ?... Dans quel état suis-je ?.... Que deviendrais-je, si l'on me voyait ainsi ?..... Devais-je donc me prêter à leurs fades bouffonneries ?.... Quelle pitoyable farce me fait-on jouer ?.... Mais j'entends du bruit...., C'est certainement ce maudit Chevalier.... Que n'est-il, lui, Madame de Saint-Hilaire & Monsieur le Baron de la Folandiere, & moi-même le premier, à tous les Diables.... Oh ! si jamais on m'y rattrappe.... C'est lui, je ne me trompais pas.

(Il s'assied.)

E

SCENE XI.

MOROSE, LE CHEVALIER.

LE CHEVALIER, *à part.*

AH, ah ! Monſieur le Philoſophe, vous voulez me myſtifier ? Nous allons en découdre...... (*Haut.*) Je vous trouve donc enfin, ma toute Belle...... Mais quelle obſcurité avez-vous répandue autour de vous ?..... Comment, en un inſtant, avez-vous pu changer le temple de Vénus en celui de la Nuit ?..... Mais, en honneur, ces ombres ſont par trop cruelles ; permettez que je rallume ces bougies.

MOROSE, *adouciſſant ſa voix & minaudant.*

Non, Monſieur le Chevalier.

LE CHEVALIER.

Eſt-ce faveur, eſt-ce cruauté ? Si c'eſt faveur, vous êtes divine ; mais comment vous nommerai-je, ſi c'eſt cruauté ?

MOROSE, *à part.*

Que le Diable t'emporte....

LE CHEVALIER.

Ma belle Maman, je vous avais demandé ce rendez-vous, pour vous prier de fixer, à la fin, l'inſtant heureux qui doit me rendre maître de vos charmes... de ces charmes vainqueurs qu'en vain l'obſcurité voudrait me dérober; que j'entrevois malgré elle.

MOROSE.

Finiſſez-donc, finiſſez-donc.

LE CHEVALIER.

Voilà une rigueur bien bourgeoiſe, bien déplacée!... Mais, pour vous en punir, je vais vous parler raiſon.... Quelle main délicieuſe!...

MOROSE.

Laiſſez ma main.

LE CHEVALIER.

Je vous diſais donc, ma chere Maman, que, ce matin, brûlé de mes tranſports amoureux, je voulais enfin vous demander le prix de ma conſtance.... Contre mon ordinaire, j'ai fait des réflexions ſérieuſes. Moroſe vous aime..... A ſa Philoſophie près, c'eſt un galant homme que je ſerais fâché de chagriner; & cependant c'eſt un homme mort, ſi j'obtiens votre main.

MOROSE.

Il eſt vrai.

LE CHEVALIER.

Je ſuis tenté de faire une action ſublime, digne d'un cœur tel que le mien.

MOROSE.

Et c'eft ?...

LE CHEVALIER.

De lui céder les droits que j'ai fur votre cœur... Je fens tout le facrifice que je fais. ... Je fens combien vous perdez vous-même au change. ... Quelle différence immenfe il y a de lui à moi !.... Mais il faut avoir de l'humanité, de la générofité, & plus on facrifie, plus l'action eft dramatique... Vous ne répondez rien ?...

MOROSE.

Je fuis en tout de votre avis.

LE CHEVALIER.

Ce pauvre Morofe ! je vais lui rendre le bonheur.... Ce ne fera cependant qu'à une petite condition. ... Lorfque je lui abandonne tant de charmes ; quand mon cœur pour lui feul brife des nœuds fi doux, j'ôfe en exiger un dédommagement bien faible, il eft vrai, en comparaifon de ce que je perds ; mais qui cependant peuplera tant foit peu la folitude affreufe où vous allez laiffer mon cœur.... Notre Philofophe a une fille, jeune, aimable, dont le minois frippon m'a frappé ; qu'il me donne fa main à ce prix, la vôtre eft à lui : troc de Gentilhomme... Qu'en dites-vous ?...

MOROSE.

Très-bien imaginé.

LE CHEVALIER.

Eh! bien, ma belle Maman, puisque vous voulez bien vous prêter à mon plan de pacification générale, je vous charge de mes pleins-pouvoirs; ménagez mes intérêts; faires-bien valoir aux yeux de Morose, & tout ce que je perds, & tout ce que je lui sacrifie.... tout ce que je lui abandonne.

MOROSE.

Mais... mais finissez-donc.

LE CHEVALIER.

Ce sont les adieux de l'Amour, les dernieres caresses que cet enfant fait à sa mere.

SCENE XII ET DERNIÈRE.

Madame DE SAINT-HILAIRE, MOROSE, LE CHEVALIER, AGNÈS; L'ÉPINE, *tenant deux Bougies allumées.*

Madame DE SAINT-HILAIRE.

Courage, galant Chevalier, courage; poussez rapidement une si belle conquête.

MOROSE.

Cruelle ! c'eſt vous qui me trahiſſez !

LE CHEVALIER.

Honneur à la ſageſſe ; la voilà, ma foi, dans un joli déshabillé !

AGNÈS.

Eh quoi! c'eſt vous, mon cher Papa!.... Ah, ah, ah....

MOROSE.

La petite maſque !.... Qui vous a donné la permiſſion de ſortir ? Remontez vîte dans votre chambre.

AGNÈS.

Oh ! que non.... J'ai un amoureux ici ; vous voulez me le prendre ; mais je le tiens bien, & je ne le quitterai qu'à bonnes enſeignes. Il n'égratigne, n'étrangle, ni ne mord, celui-là....

MOROSE.

Que veut dire cela ?

Madame DE SAINT-HILAIRE.

Tenez, mon cher voiſin ; voilà le mot de l'énigme. Vous m'aimez, & ne m'êtes pas indifférent ; le Chevalier aime Agnès, qui, comme vous voyez, ne le hait pas ; uniſſez-les, ma main eſt à ce prix.

MOROSE.

Qui? moi, donner ma fille à un pareil étourdi !

LE CHEVALIER.

Tout beau, Monsieur le Philosophe, tout beau ; regardez-moi, regardez-vous. Lequel de nous deux, s'il vous plaît, porte les livrées de la Folie ?

MOROSE.

J'ai perdu ma raison.... Qui m'en dédommagera ?...

Madame DE SAINT-HILAIRE.

Le plaisir.

LE CHEVALIER.

Et vous ne perdrez rien au change.

Madame DE SAINT-HILAIRE.

Eh bien ?.....

MOROSE.

Puis-je vous rien refuser ?

L'ÉPINE.

Vous épousez Madame ?

MOROSE.

Oui, Monsieur le Baron.

L'ÉPINE.

Vous donnez votre fille à cet étourdi ?

MOROSE.

Oui, Monsieur le Baron.

L'ÉPINE.

Et moi, je vous donne le Brevet de Maître extravagant d'un plein saut ; vous avez pris tous vos degrés ; &, comme vous n'avez plus besoin de Maître dans cet art divin, j'abandonne ma Baronnie de la Folandiere, & redeviens tout uniment l'Épine à votre service.

MOROSE.

C'est-à-dire que j'étois, à tous, votre jouet ?

Madame DE SAINT-HILAIRE.

Oui, mon cher Voisin.... Mais, ne nous en veuillez nul mal.... Le chagrin a toujours tort ; celui qui rit est le vrai Sage.

MOROSE.

Votre philosophie a vaincu la mienne ; je veux donc désormais ne voir que le bonheur, & ne respirer que le plaisir.

FIN.

Lu & approuvé, ce 23 Mars 1775.

CRÉBILLON.

Vû l'Approbation, permis d'Imprimer ce 23 Mars 1775.

LENOIR.

De l'Imprimerie de C. SIMON, Imprimeur de LL. AA. SS. Messeigneurs le Prince de CONDÉ & le Duc de BOURBON, rue des Mathurins, 1775.